FRANÇOIS ET ANTONIN.

2ᵉ SÉRIE GRAND IN-32.

FRANÇOIS ET ANTONIN!

PAR

BERQUIN.

LIMOGES

EUGÈNE ARDANT ET Cie, ÉDITEURS.

—

FRANÇOIS ET ANTONIN

M. de Cerneuil, retenu longtemps hors de son pays par un emploi distingué qu'il remplissait dans les Indes, venait enfin de se réunir à sa famille, pour jouir en paix avec elle du fruit de ses travaux. Il n'avait qu'un seul fils, âgé d'environ douze ans, en qui reposaient ses plus tendres espérances. C'était pour lui ménager les avantages d'une brillante fortune, qu'il avait consacré sa vie aux devoirs les plus pénibles, loin de sa patrie et de ses amis. Ses vues, à cet égard, avaient été remplies au-delà de ses vœux. Il revenait chargé de richesses : mais, hélas ! il ne tarda guère à s'apercevoir combien le temps qu'il lui en avait coûté pour les acquérir aurait été mieux employé auprès de son fils pour le bonheur qu'il lui voulait procurer.

Madame de Cerneuil, d'un caractère d'esprit aussi faible que l'était la constitution de son corps, avait livré le jeune Antonin aux soins d'un gouverneur mercenaire, qui, pour se maintenir dans sa place, ne s'était étudié qu'à servir les caprices de l'enfant, et à tromper la tendresse aveugle d'une mère qui l'idolâtrait. Enivré des flatteries de toutes les personnes dont il était environné, Antonin s'était insensiblement fortifié dans les mauvaises habitudes qu'on lui avait laissé contracter dès l'enfance. Son gouverneur, d'une ignorance profonde, mais qui égalait à peine sa bassesse, lui faisait souvent entendre qu'avec les trésors qu'il devait posséder un

jour il n'avait pas besoin de con-
sumer sa santé dans une étude opi-
niâtre ; et que le sort, par le soin
qu'il avait pris de sa fortune, l'avait
trop bien distingué du reste des
mortels, pour l'assujétir aux mêmes travaux. Ces perfides insinua-
tions, qui s'accordaient si bien
avec la lâcheté naturelle de son
élève, avaient achevé de corrompre
son cœur et son esprit. Antonin
était devenu faux, insensible aux
affections de ses semblables, et
d'une vanité si révoltante, qu'il
méprisait comme des bêtes de
somme tous ceux qui n'étaient pas

aussi riches que lui. De toutes les histoires dont le gouverneur amusait son oisiveté, il ne prêtait l'oreille qu'à celles qui portaient un caractère d'effronterie et d'orgueil. Les traits de courage, de grandeur d'âme et d'humanité ne faisaient aucune impression sur lui, et jamais ses yeux ne s'étaient baignés de ces douces larmes que le récit d'une bonne action fait couler au fond des cœurs généreux.

Cet odieux caractère ne se cacha pas longtemps aux regards de M. de Cerneuil. Quelle funeste découverte pour un père tendre, qui revolant du bout de la terre vers son fils, dans l'espérance de trouver un jour en lui la consolation et la gloire de sa vieillesse, n'y voyait déjà qu'un sujet de honte et de désespoir. Son premier soin fut de chasser de la maison l'indigne gouverneur. Malgré les infirmités dont il commençait déjà à ressentir l'atteinte, il résolut de se charger seul de remédier au vice de l'éducation de son fils. Il crut cependant qu'il réussirait mieux dans cette entreprise, en plaçant auprès de lui un enfant de son âge et d'un heureux caractère, dont la conduite pût lui inspirer une noble émulation. Le choix d'un pareil sujet ne lui parut pas devoir être remis au hasard. Depuis plusieurs semaines il faisait des recherches infructueuses, lorsqu'en se promenant un jour dans la campagne, pour mieux rêver à son projet, il aperçut, à l'entrée d'un village, de jeunes enfants qui s'exerçaient à la course. L'un d'eux avait une figure si heureuse, qu'au premier aspect elle captiva la bienveillance de M. de Cerneuil. Il s'approcha de lui, le questionna avec douceur, et en reçut des réponses naïves et touchantes, qui fortifièrent dans son cœur le tendre intérêt que sa physionomie y avait fait naître. Il apprit de lui qu'il était l'aîné de six enfants du médecin du village, dont les moyens suffisaient à peine à l'entretenir, lui et sa famille, dans la plus étroite médiocrité.

Ces détails ayant fait concevoir à M. de Cerneuil quelques espérances, il pria le jeune garçon, qui se nommait François, de le conduire chez son père. Celui-ci était un homme sage, que son habileté aurait pu faire jouir, dans la capitale, de toute la considération de son état. Modeste et calme dans ses désirs, il préférait à l'éclat bruyant de la ville la douceur d'une vie retirée à la campagne, le plaisir d'y faire du bien à ses malheureux habitants, et le devoir de consacrer ses soins à sa nombreuse famille. Sa femme, jeune encore, avait embrassé tous ses goûts; et la sagesse semblait partager avec le bonheur l'empire de leur maison.

M. de Cerneuil, après les avoir quelque temps entretenus de leurs enfants, pour mieux reconnaître les principes qu'ils avaient suivis dans leur éducation, trouva bientôt qu'ils se rapportaient à toutes ses idées. Dans le transport de sa joie, il prit la main du médecin, et lui fit part des vues qu'il avait formées sur son fils, en l'assurant qu'il l'élèverait lui-même comme le sien, et qu'il prenait dès ce moment sur lui le soin de sa fortune. La probité reconnue de M. de Cerneuil, la renommée de son crédit et de ses richesses, auraient fait accepter ses offres sans balancer à des parents moins tendres et plus ambitieux. Mais eux, comment consentir à l'éloignement d'un fils qui faisait leurs plus chères délices! Et François lui-même, comment se séparer de ses parents, qu'il chérissait avec tant d'amour! Plus ils lui opposaient de résistance, et plus M. de Cerneuil, excité par de nouveaux sentiments d'estime, s'attachait à son dessein. Enfin il redoubla ses instances avec tant de force, qu'il parvint à les ébranler. La facilité de voir souvent leur fils, l'espoir que son avancement, devenu plus rapide, pourrait un jour servir à celui de ses frères et de ses sœurs, achevèrent de les vaincre ; et M. de Cerneuil les quitta, emportant dans son cœur la plus douce satisfaction.

Au bout des trois jours que les parents de François avaient demandés pour mettre leur fils en état de se produire à la ville, M. de Cerneuil parut à la porte de leur maison. Je ne chercherai point à vous peindre tous les regrets qu'y fit naître le départ d'un enfant si chéri. François, qui avait eu la force de retenir ses pleurs en présence de sa mère, de peur d'augmenter sa tristesse, ne se vit pas plus tôt emporté par la voiture, qu'il laissa échapper de ses yeux un torrent de larmes. M. de Cerneuil

ne cherchait d'abord à en inter-
rompre le cours que par de muettes
caresses. Puis, lorsqu'il les vit un
peu s'arrêter, il prit François dans
ses bras, et le serrant contre son
sein : Ne t'afflige point, mon ami,
lui dit-il. Tu vois en moi un second père, qui veut te chérir aussi
tendrement que celui que la nature
t'a donné. Sois doux, honnête, la-
borieux, et rien ne manquera jamais à ton bonheur.

Le cœur de François fut un peu
soulagé par des marques d'affection
si touchantes. Il embrassa M. de
Cerneuil à son tour. Eh bien! oui,

2

s'écria-t-il, soyez mon autre père. Je veux me rendre digne de toute votre amitié.

M. de Cerneuil établit François dans sa maison, comme un enfant qu'il aurait reçu au retour d'un long voyage. Il prescrivit à ses gens d'avoir pour lui les mêmes égards que pour son propre fils. L'humeur douce et sensible de François ne tarda guère à lui concilier l'affection de tous ceux qui l'approchaient. Antonin fut le seul qui ne put le voir sans un sentiment de dépit. Il comprit bientôt que la présence de cet émule lui imposait la nécessité de changer de conduite, et de devenir plus studieux. Ne pouvant trouver dans son cœur aucune juste raison pour motiver sa haine, il croyait François assez digne de ses mépris, parce qu'il était né au village, et que son origine n'était pas aussi élevée que la sienne. Cependant la crainte qu'il avait de son père le forçait de cacher ces sentiments au fond de son cœur, et de les déguiser même sous une apparence d'amitié. François, qui ne pouvait soupçonner dans les autres une fausseté qui lui était si étrangère, s'attachait tendrement à lui. Il cherchait à le soutenir dans ses efforts, à lui faciliter ses travaux; et il supportait ses caprices et ses hauteurs comme l'on supporte les défauts de ceux que l'on aime.

Son intelligence, déjà exercée par les soins de son père, ne trouvait rien dans l'étude qui fût capable de la rebuter. Doué d'une pénétration vive et d'une mémoire prodigieuse, animé surtout par le désir de répondre aux encouragements de M. de Cerneuil, il faisai' des progrès si rapides, que ses maîtres avaient peine à les concevoir. Il ne se livrait pas avec moins d'avantage aux exercices du corps. Ses manières prenaient de la grâce, en même temps que son esprit recevait des lumières et que son âme s'ouvrait à de nobles sentiments. M. de Cerueuil l'aimait tous les jours avec une nouvelle tendresse. Il en était de même des étrangers. On ne le voyait point deux fois sans prendre un vif intérêt à sa personne. Poli sans affectation, empressé sans bassesse, enjoué sans étourderie, il semblait que sa présence répandît la joie et le bonheur dans toute la maison.

Au milieu de tant de succès, François, loin de se laisser surprendre aux illusions de l'orgueil, n'en devenait que plus modeste. Quoiqu'il ne pût se dissimuler sa supériorité sur Antonin, il aurait voulu pouvoir en douter lui-même, et bien plus encore, la dérober aux regards des autres, de peur d'humilier son ami. Il était le premier à le faire valoir ou à le défendre. Ah! se disait-il en secret, si mon protecteur n'avait eu tant de bontés pour moi, s'il ne m'avait donné tant de facilités pour acquérir des connaissances, malgré les tendres soins de mon père, je serais encore bien loin de savoir le peu que je sais. D'autres enfants, à ma place, auraient peut-être mieux profité des faveurs du Ciel. Antonin lui-même m'aurait déjà surpassé, s'il se fût trouvé dans ma situation et moi dans la sienne. Il peut se passer d'instruction plus que moi. C'est le besoin où je suis de m'instruire qui a tout fait.

Huit années s'écoulèrent ainsi, pendant lesquelles François acheva d'acquérir toutes les qualités qui sont le fruit de l'éducation la plus distinguée. Le temps et la place manqueraient à mes désirs pour vous présenter le tableau des connaissances dont il avait orné sa raison. Mais pour Antonin, il serait encore plus long de vous détailler toutes celles qu'il n'avait pas. Sa suffisance naturelle lui avait persuadé qu'avec des mots de quelques sciences, qui lui étaient restés de ses leçons, il en savait autant que les maîtres les plus habiles. A l'égard de son naturel, le fond n'en était guère changé. La crainte de son père avait bien un peu retenu l'impétuosité de ses vices; mais en revanche elle lui en avait donné un

de plus, c'est-à-dire l'hypocrisie
pour les masquer.

M. de Cerneuil, dont l'œil pénétrant les démêlait à travers ce voile,
aurait déjà succombé sous le poids
de ses chagrins, si la bonne conduite de François n'eût porté dans
son âme de douces consolations. Cependant, lorsqu'Antonin eut atteint
sa vingtième année, elles ne purent
tenir contre l'effroi des travers où
il prévoyait que ce fils allait se précipiter à son entrée dans le monde.
Au milieu de ces cruels déchire-
ments de son cœur, il fut attaqué
d'une maladie violente, dont il

mourut au bout de quelques jours, malgré les soins affectueux qu'il reçut de François jusqu'au fatal moment qui les sépara pour jamais.

Antonin n'eut pas plus tôt rendu les derniers devoirs à M. de Cerneuil, que libre du frein de ses passions, il se livra tout entier à son caractère. Ingrat à la mémoire d'un père respectable, dans la personne du second fils qu'il avait adopté, oubliant ce qu'il devait lui-même à son émule, il lui ferma outrageusement sa porte, et courut s'établir sur ses terres, pour s'y dédommager de la contrainte qu'il avait éprouvée, par la licence d'une vie tumultueuse et sauvage.

Que le cœur de François était agité de mouvements bien différents ! Rentré dans la médiocrité de la maison paternelle, ce n'était point sur le changement de sa situation qu'il poussait des gémissements : M. de Cerneuil avait pourvu, pour l'avenir, aux besoins de sa vie. Eh ! pouvait-il s'occuper de lui-même, lorsqu'il venait de perdre son bienfaiteur ? C'était lui seul qui faisait naître ses regrets, cet homme généreux qui avait pris soin de ses jeunes années, qu'il était accoutumé à regarder comme son père, et dans lequel il en avait trouvé tous les sentiments. Une maladie, causée par la douleur de sa perte, le conduisit jusqu'aux portes du tombeau, qu'il voulait s'ouvrir pour le rejoindre. Dans les plus violents accès de son délire, il ne lui échappait que le nom de M. de Cerneuil. Il le donnait même à son père, lorsque, sans le reconnaître, il le voyait assis au chevet de son lit. On craignit longtemps pour sa vie, et il ne fut redevable de sa guérison qu'aux vœux

et aux soins redoublés d'une famille
qui semblait toute entière ne respirer que pour lui.

Après avoir donné quelques mois
au plaisir qu'elle avait de le voir
rétabli, et de jouir du charme de
ses talents et de ses vertus, François retourna à Paris, et reprit ses
études ordinaires avec plus d'ar-
deur et de fruit que jamais. Toutes
les personnes dont il s'était concilié
l'amitié dans la maison de M. de
Cerneuil se réunirent pour lui procurer une place avantageuse. Le
duc de***, après le cours de ses
études, se disposait à parcourir

l'Europe. François fut présenté aux parents de ce jeune seigneur pour l'accompagner. Quoiqu'il parût bien jeune lui-même à leurs yeux, il sut les prévenir d'une manière si favorable sur sa conduite, qu'ils crurent ne pouvoir donner à leur fils un gouverneur plus intelligent et plus sûr. Les connaissances qu'il avait acquises par ses lectures trouvèrent dans ces voyages mille occasions de s'étendre et de se développer. Les grâces de son esprit et de ses manières le firent rechercher avec empressement dans toutes les cours. Plusieurs princes étrangers voulurent même l'attacher à leur personne, avec des distinctions flatteuses. Mais les engagements qu'il avait pris avec la famille du jeune seigneur le rendirent insensible aux propositions les plus brillantes. Il ne fut pas longtemps sans recevoir le prix de sa fidélité. A peine avait-il ramené son élève dans les bras de ses parents, que l'un d'eux ayant été envoyé dans une des principales cours étrangères, le fit nommer secrétaire d'ambassade. Pendant une longue maladie de l'ambassadeur, François le remplaça dans ses fonctions; et il

sut les remplir avec tant d'habileté,
que de l'aveu du ministre, il fut
chargé d'une négociation très déli-
cate, où il eut le bonheur et la
gloire de rendre le service le plus
important à sa patrie.

Antonin, dans cet intervalle,
avait eu un sort bien différent. Nous
l'avons laissé sur ses terres, passant
honteusement ses journées à chasser
ses lièvres et à tourmenter ses vas-
saux. L'oisiveté d'une semblable
vie avait achevé d'abrutir ses
mœurs, et son esprit était devenu
de la plus grossière rusticité. Une
querelle qu'il eut avec un gentil-

homme voisin, l'ayant forcé d'a-
bandonner son château, il revint
dans la capitale. Sa mère, pour
donner plus de faveur à son éta-
blissement, voulut le placer dans
la maison d'un prince qui avait eu
beaucoup d'attachement pour son
père; mais il y fut à peine reçu,
qu'au milieu d'une fête il se com-
porta d'une manière si insolente
envers une dame du plus haut rang,
que le prince fut dans la nécessité
de le chasser honteusement de son
palais.

Antonin, après cette aventure,
se vit rebuté de toutes les sociétés

honnêtes, où le nom de son père
l'avait fait accueillir. Incapable de
trouver aucune ressource ni dans
ses réflexions ni dans l'étude, il
se laissa emporter au torrent des
mauvaises compagnies. Comme il
ne pouvait remettre les pieds sur
ses terres, après l'affront qu'il y
avait reçu, il engagea sa mère à les
vendre, sous le prétexte spécieux
d'en acheter d'autres à sa conve-
nance, mais avec le dessein secret
d'en employer le prix à fournir à
ses dissipations. Le jeu ruineux
auquel il se livra l'eût bientôt dé-
pouillé de ses richesses, et la dé-

bauche en même temps porta le désordre dans sa santé. Après avoir réduit sa mère à se contenter d'une modique pension, afin de faire honneur à ses dettes, il prit un jour ce qui lui restait, pour aller cacher sa honte dans l'étranger. Le hasard le conduisit dans la ville où François, à son insu, jouissait de la plus haute considération. La passion du jeu avait suivi le malheureux Antonin. La fortune lui fut d'abord assez favorable, et sa grande dépense lui procura du crédit. Mais ses affaires ne tardèrent pas longtemps à se déranger.

Dans l'impuissance où il se trouva bientôt de satisfaire à ses créanciers, qu'il avait trompés indignement, ils le firent traîner en prison. Ce fut par l'éclat d'une si honteuse disgrâce que son nom parvint aux oreilles de François. « Le fils de mon bienfaiteur dans une prison ! » s'écria-t-il, oubliant tous les outrages qu'il en avait reçus. Il vola soudain vers son cachot. Mais, hélas ! dans quel horrible état il le trouva ! Pâle, défiguré, exténué par la misère, rongé de maux cruels, bourrelé de remords, et livré à toutes les convulsions de la rage et du désespoir.

Il brise aussitôt ses fers, l'arrache de cet affreux séjour, le fait transporter dans sa maison, et s'empresse de lui prodiguer les soins les plus touchants. Il aurait sacrifié sa fortune pour le rappeler à la vie, et devenir l'auteur de sa félicité. Mais le coup vengeur était déjà porté dans les arrêts du ciel. Antonin ne survécut que de quelques jours à cet événement. François fut touché de sa mort, comme s'il eût perdu l'ami le plus tendre. Il ne pouvait se consoler de n'avoir pu rendre au fils de son bienfaiteur tous les secours qu'il en avait reçus.

Cette pensée accabla longtemps son esprit. Il n'avait que de tristes images devant les yeux. Elles le détournaient de tous ses travaux. Mais l'amour du devoir, et l'empire qu'il s'était accoutumé à prendre sur lui-même, le rendirent enfin aux fonctions de sa place; et il continua de les remplir avec un zèle et une intégrité qui le portèrent bientôt à un poste éminent.

LE BON FILS.

Monsieur de *** allant joindre son régiment, il y a dix à douze ans, s'occupa, pendant sa route, à faire quelques recrues dont il avait besoin pour compléter sa compagnie. Il trouva plusieurs hommes dans une petite ville, où il demeura une semaine. L'avant-veille de son départ, il se présenta encore un jeune homme de la plus haute taille, et de la figure la plus intéressante. Il avait un air de candeur et d'honnêteté qui prévenait pour lui. M. de *** ne put s'empêcher, à la première vue, de souhaiter d'avoir cet homme dans sa compagnie. Il le vit trembler en demandant qu'on l'engageât. Il prit ce mouvement pour l'effet de la timidité, et peut-être de l'inquiétude que peut avoir un jeune homme qui sent le prix de la liberté, et qui ne la vend pas sans regrets. Il lui montra ses soupçons, en tâchant de le rassurer. — Ah! Monsieur, lui dit le jeune homme, n'attribuez pas mon désordre à d'indignes motifs. Il ne vient que de la crainte d'être refusé. Vous ne voudrez peut-être pas de moi, et mon malheur serait affreux. Il lui échappa quelques larmes en achevant ces mots. L'officier ne manqua pas de l'assurer qu'il serait enchanté de le satisfaire, et lui demanda vite quelles étaient ces conditions.

— Je ne vous les propose qu'en tremblant, répondit le jeune homme ; elles vous dégoûteront peut-être : je suis jeune, vous voyez ma taille, j'ai de la force, je me sens toutes les dispositions nécessaires pour servir; mais la circonstance malheureuse dans laquelle je me trouve me force de me mettre à un prix que vous trouverez sans doute exorbitant. Je ne puis rien en diminuer. Croyez que sans des raisons trop pressantes je ne vendrais point mon service : mais la nécessité m'impose une loi rigoureuse; je ne puis vous suivre à moins de cinq cents livres, et vous me percez le cœur si vous me refusez.

— Cinq cents livres! reprit l'officier; la somme est considérable, je l'avoue; mais vous me convenez, je vous crois de la bonne volonté.

je ne marchanderai point avec vous, je vais vous compter votre argent. Signez, et tenez-vous prêt à partir après-demain avec moi.

Le jeune homme parut pénétré de la facilité de M. de ***. Il signa gaîment son engagement, et reçut les cinq cents livres avec autant de reconnaissance que s'il les avait eues en pur don. Il pria son capitaine de lui permettre d'aller remplir un devoir sacré, et lui promit de revenir à l'instant.

M. de *** crut remarquer quelque chose d'extraordinaire dans ce jeune homme. Curieux de s'éclair-

cir, il le suivit sans affectation. Il
le vit voler à la prison de la ville,
frapper avec une vivacité singulière
à la porte, et se précipiter dedans
aussitôt qu'elle fut ouverte. Il l'en-
tendit dire au geôlier :

— Voilà la somme pour laquelle
mon père a été arrêté, je la dépose
entre vos mains; conduisez-moi
vers lui, que j'aie le plaisir de bri-
ser ses fers. L'officier s'arrête un
moment pour lui laisser le temps
d'arriver seul auprès de son père,
et s'y rend ensuite après lui. Il
voit ce jeune homme dans les bras
d'un vieillard, qu'il couvre de ses

caresses et de ses larmes, à qui il apprend qu'il vient d'engager sa liberté pour lui procurer la sienne. Le prisonnier l'embrasse de nouveau. L'officier attendri s'avance.

— Consolez-vous, dit-il au vieillard ; je ne vous enlèverai point votre fils. Je veux partager le mérite de son action. Il est libre ainsi que vous, et je ne regrette point une somme dont il a fait un si noble usage. Voilà son engagement, et je le lui remets.

Le père et le fils tombent à ses pieds ; le dernier refuse la liberté qu'on lui rend. Il conjure le

capitaine de lui permettre de le suivre; son père n'a plus besoin de
lui; il ne pourrait que lui être à
charge. L'officier ne peut le refuser.
Le jeune homme a servi le temps
ordinaire. Il a toujours épargné
sur sa paie quelques petits secours
qu'il a fait passer à son père, et
lorsqu'il a eu le droit de demander
son congé, il en a profité pour aller
servir ce vieillard, qu'il nourrit ac-
tuellement du travail de ses mains.

LA CICATRICE.

Ferdinand avait reçu de la nature une âme pleine de noblesse et de générosité. Son esprit était vif et pénétrant, son imagination forte et sensible, son humeur franche et joyeuse, et ses manières avaient une grâce animée qui lui conciliait tous les cœurs.

Avec tant de qualités aimables, il avait un défaut bien incommode pour ses amis, celui de s'affecter trop vivement des moindres impressions, et de s'abandonner en aveugle à tous les mouvements qu'elles excitaient dans son âme.

Lorsqu'il jouait avec ses camarades, la plus légère contradiction irritait ses esprits fougueux ; on voyait le feu de la colère enflammer tout-à-coup son visage ; il trépignait des pieds, poussait des cris, et se livrait à toutes les violences de l'emportement.

Un jour qu'il se promenait à grands pas dans sa chambre, en rêvant aux préparatifs d'une fête que son papa lui avait permis de donner à sa sœur, Marcelin, son ami et son confident, vint pour lui communiquer les idées qui lui étaient venues à ce sujet. Ferdinand, plongé dans la rêverie, ne l'avait pas aperçu. Marcelin, après l'avoir inutilement appelé assez haut, se mit à le tirailler deux ou trois fois par le pan de son habit, pour s'en faire remarquer. Ferdinand, impatienté de ces secousses, se retourna brusquement, et repoussa le pauvre Marcelin avec tant de rudesse, qu'il l'envoya tomber à la renverse à l'autre bout de la chambre.

Marcelin restait là étendu sans aucune apparence de vie et de sentiment ; et, comme sa tête avait porté contre la corniche saillante d'une armoire, le sang coulait à grands flots de ses tempes.

Dieu ! quel spectacle pour le malheureux Ferdinand, qui n'avait certainement jamais eu dans son cœur l'intention de faire du mal à son ami, pour lequel il aurait donné la moitié de sa vie !

Il se précipite à son côté, en disant avec de grands cris : « Il est mort, il est mort ! J'ai tué mon cher Marcelin, mon meilleur ami ! » Au lieu de songer aux moyens de lui donner des secours, il demeurait couché auprès de lui, en poussant les plus tristes sanglots.

Heureusement son père avait entendu ses gémissements. Il accourut, prit Marcelin dans ses bras, l'emporta dans son lit, lui fit respirer des sels, et lui jeta au visage quelques gouttes d'eau fraiche, qui le firent bientôt revenir à lui.

Le retour de Marcelin à la vie fit naître une vive joie dans le cœur de Ferdinand ; mais elle ne fut pas assez puissante pour calmer entièrement sa douleur.

On visita la blessure. Il s'en fallait de bien peu qu'elle ne fût dangereuse, et peut-être mortelle.

Marcelin, transporté dans la maison de son père, eut un accès de fièvre très violent. Sa tête était prise; et il commença bientôt à délirer.

Ferdinand ne s'éloigna pas un moment de son chevet. Il gardait un morne silence; car personne ne lui adressait la parole. On ne cherchait ni à le consoler ni à l'affliger.

Marcelin l'appelait sans cesse dans ses rêveries. « Mon cher Ferdinand, s'écriait-il, que t'ai-je donc fait pour que tu m'aies traité si méchamment? Ah ! tu dois être encore plus malheureux que moi, de m'avoir blessé sans sujet. Ne t'afflige pas, je te pardonne. Pardonne-moi aussi de t'avoir fait mettre en colère, je ne voulais pas te fâcher. »

Ces discours que Marcelin lui adressait sans le voir, quoiqu'il fût devant ses yeux et qu'il lui tînt la main, redoublaient encore la tristesse de Ferdinand.

Chaque trait de tendresse était un coup de poignard pour son cœur.

Enfin, Dieu voulut que la fièvre se calmât peu à peu, et que la plaie commençât à guérir. Au bout de six jours, Marcelin fut en état de se lever.

Qui pourrait se représenter la joie de Ferdinand? Ah! certainement personne, à moins qu'il n'ait senti une fois dans sa vie la douleur qu'il éprouva aussi longtemps qu'il fut témoin des souffrances de son ami.

Lorsqu'il fut entièrement rétabli, Ferdinand reprit un visage serein, et, sans qu'on eût besoin de lui faire d'autres leçons, il travailla de toute la force de son caractère à vaincre cette humeur emportée qui le dominait.

Marcelin ne garda de sa chute qu'une cicatrice légère à la tempe. Ferdinand ne la regardait jamais sans émotion, même dans un âge plus avancé. Toutes les fois qu'il rencontrait Marcelin, il le baisait sur cette cicatrice, qui devint le sceau de la tendre intimité dont ils furent unis l'un à l'autre dans tout le cours de leur vie.

LES CERISES.

Julie et Firmin obtinrent un jour de madame Dumesnil, leur maman, la permission d'aller jouer seuls dans le jardin. Ils avaient mérité cette confiance par leur réserve et par leur discrétion.

Ils jouèrent pendant quelque temps avec cette gaîté paisible à laquelle il est si facile de reconnaître les enfants bien élevés.

Contre les murs du jardin étaient

palissadés plusieurs arbres, parmi lesquels on distinguait un jeune cerisier qui portait pour la première fois. Ses fruits se trouvaient en très petite quantité; mais ils n'en étaient que plus beaux. Madame Dumesnil n'en avait point voulu cueillir, quoiqu'ils fussent déjà mûrs : elle les réservait pour le retour de son mari, qui devait ce jour même arriver d'un long voyage.

Comme ses enfants étaient accoutumés à l'obéissance, et qu'elle leur avait sévèrement défendu, une fois pour toutes, de cueillir

d'aucune espèce de fruits du jardin, ou de ramasser même ceux
qu'ils trouveraient à terre pour les
manger sans permission, elle avait
cru inutile de leur parler du cerisier.

Lorsque Julie et Firmin se furent assez exercés à la course sur
la terrasse, ils se promenèrent len-
tement le long des murs du verger.
Ils regardaient les beaux fruits sus-
pendus aux arbres, et s'en réjouis-
saient.

Ils arrivèrent bientôt devant le
cerisier. Une légère secousse de
vent avait fait tomber à ses pieds

toutes ses plus belles cerises. Firmin fut le premier à les voir ; il les ramassa, mangea les unes, et donna les autres à sa sœur, qui les mangea aussi. Ils en avaient encore les noyaux dans la bouche, lorsque Julie se rappela la défense que leur avait faite leur maman, de manger d'autres fruits que ceux qu'on leur donnait.

—Ah ! mon frère, s'écria-t-elle, nous avons été désobéissants, et maman se fâchera contre nous. Qu'allons-nous faire ?

— Maman n'en saura rien, si nous voulons.

—Non, non, il faut qu'elle le sache. Tu sais qu'elle nous pardonne souvent les plus grandes fautes, lorsque nous allons les lui avouer de nous-mêmes.

— Oui : mais nous avons été désobéissants, et jamais elle n'a pardonné la désobéissance.

— Lorsqu'elle nous punit, c'est par tendresse pour nous ; et alors il ne nous arrive plus de sitôt d'oublier ce qui nous est permis et ce qui nous est défendu.

— Oui, ma sœur ; mais elle est toujours fâchée de nous punir, et

cela me ferait de la peine de la voi
fâchée.

— Et à moi aussi. Mais ne le sera-
t-elle pas encore davantage, si elle
vient à découvrir que nous avons
voulu lui cacher notre faute? Ose-
rons-nous la regarder en face, lorsque nous entendrons un reproche
secret dans notre cœur? Ne rougi-
rons-nous point lorsqu'elle nous
appellera ses chers enfants, et que
nous ne le mériterons plus?

— Ah! ma sœur, que nous serions
de petits monstres! Allons, allons
la trouver, et lui dire ce qui nous
est arrivé.

Ils s'embrassèrent l'un et l'autre, et ils allèrent trouver leur maman en se tenant par la main.

— Ma chère maman, dit Julie, nous avions oublié vos défenses. Punissez-nous comme nous l'avons mérité ; mais ne vous mettez point en colère ; nous aurions de la peine, si cela vous donnait du chagrin.

Julie alors lui raconta la chose comme elle s'était passée, et sans chercher à s'excuser. Madame Dumesnil fut si touchée de la candeur de ses enfants, qu'il lui en échappa des larmes de tendresse. Elle ne voulut les punir de leur faute qu'en leur en accordant le généreux pardon. Elle savait bien que sur des enfants nés avec une belle âme, le souvenir des bontés d'une mère fait une impression plus profonde que celui de ses châtiments.

FIN.

TABLE.

—

FIN DE LA TABLE.

Limoges. — Impr. Eugène Ardant et Cie.

9 782019 175344